Auprès de toi mon frère

Elsa Baggenstos

ISBN : 979-834-447-940-8

Si tu diffères de moi, mon frère, loin de me léser, tu m'enrichis.

Antoine de Saint-Exupéry

Table des matières

Préambule

Cela fait plusieurs années que je désire écrire sur la relation que j'entretiens avec mon frère et surtout sur un sujet qui est souvent tabou, les hôpitaux psychiatriques. Depuis sa majorité, mon frère a fait plusieurs séjours en hôpital psychiatrique.

En tant que soeur, j'ai été confrontée à cet environnement et j'ai appris à vivre avec. Ma relation avec mon frère a toujours été très forte et sincère.

Grâce à mes premiers livres, j'ai découvert le pouvoir libérateur de l'écriture. Elle est selon moi une belle thérapie qui permet de poser des mots sur ses émotions. Les émotions non vécues peuvent provoquer des tensions qui favorisent l'apparition de divers troubles à la base d'une santé déficiente. J'ai trouvé donc important de ne pas rester dans le mutisme de mon vécu face à ce sujet et de m'autoriser à en parler à coeur ouvert dans ce livre.

C'est pourquoi, aujourd'hui, j'ai le désir de partager en toute simplicité mon expérience et j'espère qu'à travers ces quelques lignes, les personnes ayant dans leur entourage une personne souffrant d'une maladie psychique puissent sortir de leur mutisme ou puissent simplement mieux le vivre au quotidien.

Chapitre 1 : Notre enfance

Mon frère a une grande mémoire et se souvient de moments très précis vécus lors de notre enfance ce qui n'est pas mon cas mais je vais quand même essayer de vous révéler quelques moments clés afin que vous compreniez nos deux personnalités et la relation qui nous lie.

J'ai sept ans de différence avec mon frère. De ce fait, nous n'avons pas toujours eu les mêmes centres d'intérêt mais j'ai le souvenir d'un grand frère qui était très présent pour me protéger du monde grâce à sa taille et à son côté calme et apaisant.

Extravertie, j'ai toujours beaucoup communiqué avec mon frère qui, lui, était un être très sensible et plutôt observateur. Il me respectait malgré le fait que je prenais beaucoup de place au sein de notre famille. J'ai le souvenir qu'il me souriait timidement et me laissait faire le clown pour faire rire notre entourage. Il me surnommait et me surnomme toujours Biboum. Un petit surnom, très affectueux, qui a toujours souligné notre relation privilégiée. Depuis ma naissance, je me rappelle que ma soeur a très vite pris le rôle de ma deuxième maman, surtout au moment de la séparation de mes parents et que mon frère était plus effacé. Plus effacé, dans le sens où, je me confiais plus à ma soeur qu'à mon frère quand j'en ressentais le besoin.

Déjà à cette époque, je pouvais remarquer que mon frère avait beaucoup de connaissances mais qu'il ne se mettait jamais en avant. Doté d'une grande intelligence, il ne se vantait pas du tout mais avait toujours des nouvelles notions à m'apprendre. Il était très patient. Tout le contraire de moi ! Ayant un don artistique, il passait beaucoup de temps à peindre et à dessiner. Il inventait également des constructions en lego pendant des heures. De mon côté, parfois seule dans ma chambre, je me racontais des histoires à voix haute avec divers personnages inventés. C'était ma façon d'exprimer les événements vécus dans ma journée.

Depuis toute petite, j'ai pris l'habitude de tout extérioriser en parlant. En rentrant chez moi après l'école, on me nommait même « parlote » car je remontais à pied le village en parlant à une deuxième personne imaginaire. Longtemps considéré comme un fait anormal, en devenant adulte, j'ai appris que c'était sain d'extérioriser à voix haute son vécu ce qui m'a rassurée. Je n'ai jamais entendu mon frère agir ainsi mais il ne m'a jamais jugée. En devenant des adolescents, les enfants peuvent parfois mettre des étiquettes sur les autres êtres humains. J'ai le souvenir que mon frère ne jugeait jamais ses connaissances. Il était à l'écoute et ne parlait jamais pour ne rien dire !

Très sportif, j'admirais mon frère et essayais malgré notre grande différence d'âge de le suivre et même de le devancer lorsque nous pratiquions une activité sportive ensemble. Je me décourageais rapidement alors mon frère s'adaptait à mon rythme pour ne pas me frustrer. Nous parlions très rarement de nos émotions. À cette époque, les émotions n'étaient pas mises en avant en matière d'éducation. Elles n'étaient pas forcément refoulées mais nous n'avions jamais un échange sur ce que nous ressentions au fond de nous-mêmes. Notre relation frère-soeur était donc une relation basée sur les moments que nous passions ensemble. Mon frère, étant plus âgé, il passait plus de temps avec mon papa. Il y avait donc beaucoup de moments en famille où nous n'étions pas au même endroit et de ce fait, j'ai le souvenir que notre connexion frère-soeur n'était pas très développée. Nous ne le vivions pas mal à ce moment-là mais aujourd'hui, je connais bien mieux mon frère que quand j'avais 10 ans.

À mes 10 ans, mon frère était au lycée. L'écart entre nos vies était très grand. Il sortait, il était très peu à la maison et ne participait plus aux activités familiales. Malgré le temps qui nous manquait pour passer du temps ensemble, j'ai vite compris que mon frère était en train de vivre une mauvaise passe. Brillant élève jusqu'ici, il arrêta son lycée car ses moyennes n'étaient pas assez bonnes.

Personnalité plutôt réservée, il commença à utiliser des stupéfiants et de l'alcool. Être doté d'une grande humanité, il devint violent physiquement et n'arrivait plus à communiquer de façon apaisée avec son entourage. Il s'isolait dans sa chambre et se renfermait sur lui-même, entouré d'une odeur fétide de cannabis et d'alcool. Nous vivions sous le même toit mais n'avions plus aucun échange verbal. Si nous nous croisions une fois dans la journée, c'était déjà beaucoup et je ne me permettais pas de lui parler de peur qu'il prenne mal ce que j'avais à lui dire. Il ne souriait plus à mes blagues et n'avait plus vraiment conscience de mon âge dans le sens où il me parlait comme à une adulte, parfois avec des mots durs. Je savais pertinemment que ce n'était pas conscient de sa part mais sa prise de stupéfiants entrainait chez lui des pertes de mémoire et un déficit d'attention. Il devenait apathique et passif. Ses intérêts et son ambition diminuaient de jour en jour. Les rares moments où nous étions ensemble à table, je constatais également une perte d'appétit de sa part. Nous mangions donc souvent dans le silence pour ne pas effleurer les sensibilités de chacun et surtout car nous commencions à avoir peur des réactions de mon frère. La peur était devenue constante dans notre foyer. Peur de l'avenir, peur de ne pas trouver de solution pour aider rapidement mon frère, peur de la violence et surtout peur que mon frère décide d'en finir avec sa vie.

N'ayant jamais communiqué sur mes sentiments avec mon frère, je ne savais pas du tout comment l'aider, comment le rassurer et surtout comment le soutenir dans cette phase de vie. J'étais encore qu'une enfant et ce n'était pas mon rôle. Cependant, dans ces moments-là, j'avais souvent envie d'avoir entre mes mains une baguette magique pour retrouver la personnalité réelle de mon frère et surtout pour pouvoir venir à son secours. Je me sentais sans ressource et sans flèche à mon arc pour que cette situation s'améliore. Je sentais petit à petit que je perdais le lien que j'avais tissé avec lui. Cela me rendait triste et perplexe. Du haut de mes 10 ans, je ne comprenais pas comment des substances tels que l'alcool ou le cannabis pouvaient à ce point-là changer mon frère. Ce que je sus très rapidement fut le fait que je ne voulais plus jamais sentir l'odeur de beuh. Jusqu'à aujourd'hui, si je suis dans un endroit où je sens du cannabis, je ne me sens pas à l'aise. Cette odeur me donne la nausée et m'écœure.

Dans mon imaginaire enfantin, le cannabis avait complètement modifié la personnalité de mon frère. C'était lui le méchant. Le seul. Il n'avait pas le droit de m'enlever mon Jo aussi brutalement sans en demander la permission. Je le détestais au plus haut point. Il n'était pas juste toxique mais il était entré au sein de ma famille avec sa force de persuasion et son côté vicieux.

Mon grand frère, ma boussole, mon repère masculin, mon soutien rassurant, mon Jo, ... s'était transformé en quelques mois sans que je puisse réellement m'en apercevoir en un être humain froid, distant et brutal. Pour moi, à ce moment-précis, la weed était la seule cause du mal-être de mon frère et je la haïssais au plus haut point. Une haine, jamais connue auparavant, s'était installée en moi. Il fallait que je trouve un coupable.

Oui, j'avais seulement dix ans mais je désirais au plus profond de moi-même comprendre. Comprendre comment fonctionnait l'esprit humain et surtout réussir à me rapprocher à nouveau de mon frère. Je voulais que mon frangin se sente soutenu mais surtout qu'il retrouve sa joie de vivre, qui est je pense une émotion innée, qui s'oublie avec le temps qui passe.

Où était passée sa joie de vivre ? Quel était le déclencheur de ce changement radical de comportement chez mon frère ? Qui en était le responsable ? Pourquoi, mon frérot, avait mis un trait sur ses rêves et sur son don artistique ? Comment devais-je me comporter avec lui pour lui apporter tout mon amour tout en le respectant ? Qui allait voler à son secours et nous venir en aide ? À qui demander des conseils ? Toutes ces questions me taraudaient depuis un certain temps et restaient sans réponse jusqu'au jour où...

Chapitre 2 : la découverte psychiatrique

Un jour, la police vint sonner à notre porte pour emmener, presque de force, mon frère. Au début, je ne compris pas vraiment ce qu'il arrivait à ma famille et à mon frère mais au-dedans de moi, je savais que cet acte n'était pas bon pour le bien-être de mon frère. N'ayant pas d'autre solution, mon frère fut emmené à l'hôpital psychiatrique. Ce fut son premier séjour et une découverte pour moi de cet univers qui m'était totalement inconnu jusqu'alors.

Quand quelqu'un se rend à l'hôpital pour, par exemple, une opération, il y a presque toujours de l'inquiétude au sein de l'entourage. On est dans l'attente que la personne sorte de cet endroit afin de la prendre dans ses bras et de se réjouir de sa guérison ou de son rétablissement. Quand mon frère fut emmené à l'hôpital psychiatrique proche de chez nous, j'eus la même inquiétude mais directement une sensation étrange apparut. Sensation que cet endroit n'était pas du tout un lieu de guérison. Pensée qui ne m'a jamais quittée depuis. Les moyens mis en place pour que soi-disant la personne guérisse, sont plutôt des moyens pour rendre la personne dépendante d'éléments hors de sa propre volonté. La personne dépendante n'est alors plus capable de faire ses propres choix et de réaliser ses rêves.

Je m'explique. Encore aujourd'hui, après plus de vingt ans, je suis persuadée que mon frère n'a pas de maladie psychique ! Un hôpital psychiatrique est, selon sa définition, un hôpital spécialisé dans le traitement de troubles mentaux sévères. Ce qui me dérange dans cette définition est le mot « traitement ». Comment parler de « traitement », mot qui désigne l'ensemble des moyens employés pour guérir quand tout est justement mis en place pour devenir dépendant de cet endroit ?

Je vais choquer certaines sensibilités mais j'ai besoin de déposer sur le papier ce que je ressens et ce que je pense à cœur ouvert des hôpitaux psychiatriques. Je ne veux pas vous faire changer d'avis. Je désire simplement exprimer ce que j'ai vécu en tant que sœur d'un patient et montrer à quel point tout est mis en place pour que la personne ne puisse plus voir la lumière au bout du tunnel. Je vais vous parler de mon frère donc ce ne sera pas une généralité. Je vais exposer des faits. Sûrement et c'est même certain qu'ils seront décrits avec ma sensibilité de sœur. Je serai donc parfois peut-être pas très objective mais ce qui est sûr, c'est que rien ne sera inventé. Tout a été vécu. À travers ce témoignage, j'ai besoin que les personnes à la tête de ces hôpitaux entendent également le vécu des familles des patients.

Mon frère a fait donc son premier séjour dans un hôpital psychiatrique. On lui a prescrit des médicaments et on lui a rapidement dit qu'il souffrait d'un trouble de la personnalité borderline. Le diagnostic du trouble de la personnalité borderline repose sur des symptômes spécifiques, notamment des changements fréquents au niveau des relations, de l'image de soi et de l'humeur, ainsi qu'un comportement autodestructeur et impulsif. Oui, mon frère se mutilait parfois les bras et avait des pensées suicidaires. Les personnes atteintes du trouble de la personnalité borderline ont peur du rejet et de l'abandon, en partie parce qu'elles ne veulent pas être seules. Elles peuvent donc recourir à des actes d'autodestruction pour gérer la solitude ou éviter d'être seules. Elles peuvent faire des efforts frénétiques pour éviter l'abandon, y compris en créant des situations de crises. Par exemple, elles peuvent tenter de se suicider afin de communiquer leur détresse et de faire en sorte qu'on vienne les secourir et prendre soin d'elles.

À ce moment- précis, je pensais savoir de quoi souffrait mon frère. Je pouvais mettre un nom sur « sa maladie », sur sa souffrance. Mon frère était borderline ! J'étais encore trop petite pour savoir précisément ce que c'était mais au moins, j'avais une piste pour arrêter d'haïr seulement le cannabis !

Naïvement, c'était pour moi le même principe qu'une maladie physique. En connaissant la cause de la souffrance de mon frère, nous pouvions établir un traitement qui permette soit de le guérir, soit de lui apporter un bien-être pour qu'il apprenne à vivre avec sa maladie. Cela se ferait assez rapidement et j'allais pouvoir retrouver la vraie personnalité de mon frère. Je parle de naïveté car à ce moment-là, je ne savais pas encore où mon frère avait mis les pieds. Si j'avais su, je lui aurais demandé de fuguer et je ne rigole pas. Cet endroit a, petit à petit, détruit littéralement mon frère. Ce lieu a également inculqué des fausses croyances limitantes à mon Jo. Cela s'est fait progressivement et de manière très vicieuse. Cependant, aujourd'hui, plus de vingt ans après, mon frère est persuadé qu'il sera malade à vie et qu'il ne pourra plus jamais vivre sans son traitement médicamenteux !

Bien sûr dans les hôpitaux qui traitent les maladies physiques, il y a parfois des erreurs médicales ou les médecins ne savent pas forcément directement de quoi souffre le patient. Cependant, la plupart du temps, très vite un diagnostic est mis en place et les médecins traitent la maladie de manière efficace. Pour mon frère, cela fait aujourd'hui, plus de vingt ans qu'il fait des séjours en hôpital psychiatrique et le corps médical n'a toujours pas établi un traitement sur le long terme et déterminé sa maladie psychique !

À chaque nouveau séjour, son traitement est modifié entraînant des effets secondaires considérables ! Depuis son premier séjour, il y a maintenant 23 ans, mon frère a été diagnostiqué borderline mais aussi dépressif, schizophrène et/ou ayant des troubles anxieux ! Il ressort donc à chaque fois de l'hôpital avec un nouveau traitement médicamenteux mais jamais avec des pistes réelles pour mieux vivre son quotidien.

Revenons à nos moutons ! Lors de son premier séjour, ma famille a désiré soutenir mon frère dans cette rude épreuve et a demandé aux professionnels de l'établissement de mettre en place un suivi pour avoir de ses nouvelles de manière régulière et des conseils pour l'aider et le soutenir. Premier choc ! La réponse fut négative. Mon frère, étant majeur, nous n'avions pas le droit d'être mis au courant des activités qu'il faisait, du traitement qui était mis en place pour lui et des solutions qui étaient trouvées pour le secourir. Après quelques séjours, le corps médical nous a juste dit droit dans les yeux lors d'un entretien qu'il fallait oublier qu'un jour mon frère refasse des études et qu'il serait à vie malade ! Ils nous conseillaient donc de rentrer dans un processus d'acceptation de cet état de fait !!! Quelle violence verbale et quel manque de tact ! Qui étaient-ils pour se permettre de nous parler de cette manière en connaissant mon frère seulement depuis quelques mois ?

Non, pour moi, la vie était faite d'espoir et aucun être humain ne pouvait mettre mon frère dans une case de cette manière sans une explication précise. Je n'y crus pas une seconde. Mon frère avait et a un grand potentiel. Personne ne peut lui enlever ses rêves et surtout pas des inconnus qui le connaissaient seulement depuis quelques semaines. De la haine, je ressentis pour la première fois, une grande colère. Colère qui est toujours présente quand je me rends dans cet endroit. Comment peut-on se présenter comme un établissement qui prétend trouver des traitements contre les maladies psychiques et en même temps interdire à la famille d'avoir le suivi de son enfant et lui annoncer qu'il ne guérira jamais ? Une nouvelle interrogation et pas des moindres. Après ces phrases entendues et cet entretien, je sus qu'il fallait vite et très vite que mon frère sorte de cet endroit. Cet endroit n'allait pas du tout lui apporter la guérison mais encore plus lui enlever sa joie de vivre. J'étais encore qu'une enfant et cela était très compliqué d'agir. De plus, tout était mis en place pour que mon frère devienne dépendant des médicaments et pour qu'il croie à ces idées préconçues.

« Je serai malade à vie », « J'ai besoin de médicaments pour mieux vivre mon quotidien », « Je dois me rendre à l'hôpital psychiatrique quand je ne vais pas bien pour me protéger », « Je ne travaillerai plus jamais »,…

Le cercle vicieux était lancé. Mon frère sortait de l'hôpital quand le corps médical prétendait qu'il en était capable. Il vivait alors dans son propre logement avec son traitement mais avait perdu toutes ses relations amicales. Les maladies psychiques sont souvent mal comprises et font peur. Les personnes proches préfèrent souvent arrêter de voir la personne « dite malade » car elles ne la comprennent plus et ont une méconnaissance de ce qu'elles vivent au quotidien. Mon frère, quand il était à nouveau « libre », n'avait donc plus de personne « ressource » sur qui compter à part sa famille.

Assez rapidement, vu qu'on lui avait lobotomisé le cerveau avec des médicaments et des croyances limitantes, on le mit à l'AI. Toutes les personnes qui vivent en Suisse et qui ne peuvent plus travailler à cause d'une maladie, reçoivent de l'aide de l'assurance-invalidité. Depuis son premier séjour, on lui a tellement dit au sein de l'hôpital psychiatrique qu'il ne pourrait plus jamais faire des études ou travailler de manière régulière, que mon frère y a cru. C'est devenu une réalité pour lui. Je ne suis pas en train de critiquer mon frère. Depuis toujours, c'est un être hypersensible et doté d'une grande intelligence mais à force qu'on lui répète ces pensées négatives, il s'est dévalorisé et ces fausses croyances sont devenues réelles pour lui. Notre famille ne lui a jamais dit qu'il n'aurait plus d'avenir dans le milieu professionnel.

Au contraire, depuis toujours, on l'a poussé à essayer encore et encore de revenir dans la société mais la machine était lancée. Le pouvoir de la pharmaceutique était plus fort que tout. Au fil des années, j'ai découvert à quel point ce pouvoir était puissant. Si mon frère arrivait à vivre sans son traitement médicamenteux, il n'aurait plus besoin de se rendre à l'hôpital et pourrait reprendre une vie normale au sein de la société. L'hôpital psychiatrique n'a absolument pas envie que mon frère guérisse définitivement car c'est grâce à mon frère et à tant d'autres patients que cet établissement existe. De plus, il est chapeauté par la pharmaceutique. La pharmaceutique, également, n'a pas envie que mon frère guérisse et ce pour la même raison. En discutant avec mon frère et en observant de près ou de loin cette institution, mon frère est un cobaye de la pharmaceutique depuis des années ! Je sais que c'est fort comme constat mais c'est absolument le cas. Même avec une très grande force de caractère, mon frère est rentré dans ce cercle vicieux et depuis, il est très difficile d'en sortir. Pourquoi son traitement n'est-il toujours pas défini après plus de vingt ans ? Simplement car mon frère n'a pas de maladie psychique. De ce fait, chaque essai de traitement est un échec. Chaque nouveau médicament, testé sur mon frère, lui procure des effets secondaires importants. À chaque visite à l'hôpital psychiatrique, lors de nos conversations, il m'expliquait gentiment ce qu'il vivait.

J'essayais et j'essaie toujours de rester à l'écoute et calme mais à l'intérieur de moi, je ressentais une grande colère et une grande tristesse. Les médicaments faisaient et font tellement souffrir mon frère. Depuis sa première prise, il a eu une quantité astronomique d'effets indésirables pour soi-disant mieux vivre avec sa maladie. Maladie, de mon point de vue, inventée de toute pièce ! Je vais vous en énumérer certains mais c'est sûr que je vais en oublier. Mon frérot a eu des insomnies ou à l'inverse de la peine à se réveiller le matin. Tout dépendait du traitement mais parfois, il souffrait de somnolence. Il prenait souvent beaucoup de poids en quelques semaines. Il avait parfois des maux d'estomac. Lorsqu'il s'exposait au soleil, il avait des troubles cutanés et il rougissait de manière anormale. Souvent, il avait des tremblements aux mains comme s'il était en manque de stupéfiants mais non, c'était les effets secondaires d'un traitement qui ne lui convenait pas. Certains traitements lui procuraient aussi un manque d'appétit. Mon frère devait déjà lutter contre « ses démons » et en plus, il avait tous ces effets secondaires qui l'empêchaient de vivre correctement. Cela m'attristait mais je ne savais pas comment l'aider. À chaque fois que je lui disais qu'il pourrait très bien vivre sans son traitement, il me répondait ce que l'hôpital lui avait inculqué.

« Elsa, je ne peux pas vivre sans. Je suis malade. Ce traitement m'aide à ne pas replonger ».

Certes, le traitement médicamenteux prescrit permettait à mon frère de ne pas se faire du mal (mutilation, tentatives de suicide, ...) ou de faire du mal à d'autres personnes innocentes mais il le détruisait petit à petit en le rendant dépendant et en lui créant un rythme de vie complètement hors réalité. Certains médicaments le faisaient dormir 16 heures par jour ! Comment être à nouveau impliqué dans la société en étant éveillé seulement huit heures par jour et en devant par exemple courir toutes les trente minutes aux toilettes pour cause de problèmes digestifs dus au traitement ?

Après avoir été diagnostiqué borderline, le corps médical lui a dit qu'il était sûrement schizophrène car il entendait parfois des voix concernant la CIA. Ces voix disaient à mon frère que nous étions en danger. Quand il les entendait, il venait rapidement nous voir pour être sûr que nous n'avions rien et que nous étions toujours en vie.

Selon les psychiatres, les schizophrènes ont beaucoup de mal à effectuer les tâches de la vie quotidienne. Leur pensée n'est pas claire, leurs rapports avec les autres deviennent difficiles, ils ont des difficultés à contrôler leurs émotions et à prendre des décisions.

Le malade perçoit des sensations qui n'existent pas. Ce sont des hallucinations. Les hallucinations peuvent concerner tous les sens. Elles peuvent être auditives, visuelles, olfactives ou encore cénesthésiques (sensation de courant électrique). Les hallucinations auditives sont les plus fréquentes. Le patient atteint de schizophrénie entend des voix qui peuvent parfois commenter son comportement. Ces voix peuvent également l'insulter, l'avertir de dangers imaginaires ou lui ordonner d'accomplir certains actes. Le malade a également des délires. Ces délires peuvent survenir ponctuellement ou être présents en permanence. Le délire peut s'élaborer autour de différents thèmes (persécution, mégalomanie, mysticisme, etc.) sans qu'il y ait forcément de lien entre les diverses idées délirantes. Le schizophrène croit à son délire et il est impossible de le raisonner. Dans un tiers des cas, les malades souffrent de symptômes de type paranoïde, se sentent persécutés, trompés, harcelés, espionnés ou ont l'impression que les autres devinent leurs pensées. Le schizophrène ne parvient pas également à organiser ses idées. Il n'a plus de raisonnement logique et son discours devient incohérent.

Son esprit peut rester longtemps fixé sur une idée et des pensées parasites entravent le déroulement de son raisonnement. Il peut s'arrêter net au milieu d'une phrase et en commencer une nouvelle sans aucun rapport avec la précédente.

Il peut également utiliser un langage qui ne suit pas les règles habituelles de grammaire et de syntaxe et inventer des mots. Il arrive aussi que le malade ne parvienne plus à interpréter correctement des mots pourtant courants. Communiquer avec lui devient extrêmement difficile. Une multitude d'attitudes peuvent se retrouver chez les schizophrènes, par exemple des gestes impulsifs, des mouvements répétés (se balancer, se gratter compulsivement), des grimaces (mâchoires serrées, paupières fermées), des sourires ou des rires paradoxaux sans rapport avec la situation. Les schizophrènes peuvent être en constant déplacement, toujours actifs ou au contraire rester assis, rigides, silencieux et immobiles pendant des heures. Le schizophrène peut paraître également insensible, froid, distant et dépourvu d'émotions. Sa capacité à exprimer ses sentiments est fortement diminuée. Il rechigne à s'engager dans une conversation. En réalité, il est souvent en proie à des émotions intenses et à des pulsions contradictoires. Il a généralement une sensibilité exacerbée et un fort besoin d'affection mais il existe une discordance totale entre ses émotions et la façon dont il les exprime.

Les schizophrènes manquent souvent d'énergie, d'initiative et ont du mal à s'engager dans toute forme d'activité. Ils peuvent passer des journées à ne rien faire en négligeant même leur hygiène personnelle. Il ne faut pas confondre ces symptômes avec de la simple paresse.

Le schizophrène tend à se replier sur lui-même et à se protéger des conflits liés à une mauvaise communication en se réfugiant dans la solitude. Aggravé par la démotivation, ce symptôme peut provoquer indifférence et absence totale d'intérêt pour le monde extérieur. Le schizophrène a aussi l'impression que son corps est dissocié de sa personne ou que ses membres pourraient se détacher. Cette peur peut se traduire par des attitudes d'auto contemplation : le malade observe attentivement ses mains, passe des heures devant un miroir à regarder son visage et palpe certaines parties de son corps.

Oui, mon frère entend parfois des voix mais tous les autres symptômes de la schizophrénie ne sont pas présents chez lui. Je ne suis pas en train de remettre en cause le diagnostic de l'hôpital psychiatrique, ce qui me dérange, c'est la façon d'agir. Au début de son séjour, presque à chaque fois, on le shoote de médicaments très lourds, médicaments plus forts que son traitement habituel pour « qu'il se calme ». Ensuite, on le laisse dormir parfois des journées entières sans qu'il ait des objectifs précis pour mieux vivre son quotidien. Il n'a pas le droit d'appeler ses proches et au début, notre droit de visite est restreint. Personnellement, quand je ne vais pas bien, si je n'ai pas d'objectif quotidien, de contact avec mes proches ou d'activité programmée, j'ai également envie de me cacher sous mon duvet et de dormir toute la journée.

Cependant, je ne pense pas que ça soit la solution pour aider mon frère a rapidement retrouver sa joie de vivre. Quand les soignants considèrent qu'il est plus calme, en soit qu'il est complètement anéanti par la dose de médicaments prise, il rencontre un psychiatre qui lui prescrit un nouveau traitement. Pourquoi un nouveau traitement ? Seulement car dans cette institution que je côtoie depuis plus de vingt ans, le corps médical change constamment. Il n'y a donc pas de suivi réel de mon frère.

Fait avéré et vécu. Il y a quatre ans, ma sœur et moi-même avions été convoquées à l'hôpital psychiatrique pour un entretien car nous avions reçu un appel disant que notre frère était en état de ruine. En arrivant dans la salle d'entretien, nous nous sommes retrouvées face à une psychiatre et à une infirmière qui n'étaient pas courant de la raison de notre venue ! Nous étions présentes car, pour une fois, l'hôpital nous avait demandé de venir mais la psychiatre n'était pas celle qui suivait mon frère depuis sa nouvelle hospitalisation donc elle n'était pas au courant de la planification de cet entretien ! Ma sœur avait exprès mis en place une garde pour ses enfants pour venir voir son frère et pour avoir des nouvelles de son état mais incroyable mais vrai, cet entretien n'avait pas du tout été préparé. Les deux femmes nous demandèrent qui nous étions par rapport à notre frère !

Après vingt ans d'hospitalisation, nous devions, à chaque fois, nous présenter car aucun suivi n'était mis en place. Après quelques secondes où j'étais déjà complètement abasourdie par la tournure de cet entretien, j'ai demandé où était mon frère. On nous a expliqué qu'il n'avait pas envie d'être là mais que si nous voulions le voir, nous pouvions après l'entretien le chercher dans le parc ! Clairement, le corps médical ne savait pas du tout où était mon frère dans l'institution. J'avais envie d'hurler, de pleurer et en même temps, j'étais tellement choquée que je ne savais plus quoi dire. J'ai regardé ma sœur. Elle a essayé de me rassurer par son regard. Cet entretien m'a encore plus prouvé que mon frère était pris pour un cobaye et que rien n'était mis sérieusement en place pour l'aider à guérir. La psychiatre avait dans ses mains, une seule feuille où était noté rapidement le nouveau traitement de mon frère. Elle nous expliqua brièvement que notre frère avait été violent et qu'elle avait dû lui ajouter un médicament plus fort ! Nous avons alors demandé à la psychiatre pourquoi le traitement de notre frère était constamment modifié. Elle nous a répondu que parfois il ne supportait pas un de ses médicaments donc qu'il fallait ajuster son traitement. En voyant que cette psychiatre avait dans les mains juste une simple feuille avec le nouveau traitement de mon frère, je lui ai demandé où était son suivi.

Elle m'a répondu qu'elle n'avait pas de dossier médical sur mon frère car ce n'était pas elle qui suivait mon frère depuis le début de sa nouvelle hospitalisation ! Les réponses de la psychiatre me choquaient.

Ma sœur et moi-même sommes enseignantes à l'école primaire et nous savons qu'un entretien avec la famille se prépare en amont. Cet entretien n'était pas du tout organisé et cela prouvait à quel point mon frère n'était pas pris en charge correctement. Cette personne ne savait pas que nous étions ses sœurs et elle ne savait même pas où se trouvait mon frère dans l'institution ! Ma sœur garda son calme et demanda s'il était possible de mettre une fois en place un séjour dans un centre en dehors de cet hôpital qui permette à mon frère de faire, par exemple, une semaine de ski. Cette solution lui permettrait de prendre de la distance avec l'institution et surtout de vivre des moments avec d'autres personnes « non malades » car à chaque fois qu'il sort de l'hôpital et qu'il retourne vivre dans son propre logement, il n'a pas d'activité prévue avec des personnes « non malades ». La psychiatre nota cela sur son bout de papier en nous disant qu'elle allait se renseigner. Nous n'eûmes, par la suite, jamais de nouvelles sur ce projet !

Mon Jo n'aime pas tout ce qui est lié aux téléphones portables. Il utilise très rarement son téléphone mais reste atteignable la plupart du temps.

Quand depuis quelques jours, il ne répond plus à nos messages ou à nos appels, nous savons qu'il ne va pas bien et nous allons voir s'il est présent chez lui ou non. Nous y allons, à chaque fois, la boule au ventre car nous savons qu'une tentative de suicide est toujours possible. Nous avions compris que mon frère étant majeur, nous ne pouvions pas avoir de retour sur son suivi médical quand il était hospitalisé. Par contre, nous voulions profiter de cet entretien pour demander une nouvelle fois que l'hôpital nous appelle quand mon frère était admis chez eux. Certes, c'est un adulte mais un simple appel à sa famille pour dire qu'il s'est mis en sécurité à l'hôpital prend seulement quelques secondes. Cela nous permettrait d'arrêter de le chercher partout et de cesser d'être dans une angoisse constante. Cette demande avait été entendue et notée sur cette fameuse feuille blanche mais n'a jamais été mise en place !

Notre frère a eu plusieurs addictions depuis sa première hospitalisation. Il fume des cigarettes, boit de l'alcool et fume parfois encore du cannabis. Pendant l'entretien, nous voulions également poser des questions à ce sujet. Ma sœur demanda à l'infirmière si mon frère était encore sous cannabis car elle savait à quel point cette substance n'aidait pas mon frère à guérir de « sa maladie ». Elle nous répondit que des examens sanguins étaient effectués à chaque nouvelle hospitalisation.

Par contre, elle nous expliqua que le corps médical ne pouvait pas interdire les patients de continuer à s'en procurer au sein de l'hôpital ! J'étais complètement consternée par les réponses qu'on nous apportait. Les deux femmes n'avaient rien d'autre à nous dire. Elles ne nous ont pas du tout mentionné mon frère était dans une grande détresse. Pour elles, il allait beaucoup mieux depuis deux jours ! Nous sommes sorties dans le parc pour essayer de trouver notre frère afin de le voir quelques minutes. En marchant, nous avons ri pour évacuer les émotions qui nous traversaient. C'était nerveux.

Comment aider mon frère sans suivi après plus de vingt ans d'hospitalisation ? Comment lui permettre de vivre au mieux son quotidien en écartant sa famille du processus de guérison ? Comment lui apporter des pistes pour s'épanouir au sein de la société en l'écartant de celle-ci et en lui inculquant qu'il est juste « malade » ? Comment l'aider à avoir un bon équilibre mental en lui autorisant à continuer de se droguer au sein de l'institution ? Nous étions épuisées de cet entretien de quelques minutes et nous réalisions à quel point notre frère avait raison de vouloir, à chaque fois, quitter rapidement cet endroit car après quelques pas dans le parc, nous avions l'impression d'être autant malades que les patients présents, tellement notre prise en charge avait été absurde !

Autre fait vécu. Il y a quelques mois, mon frère a fait un nouveau séjour. J'ai pris mon courage à deux mains et je suis allée lui rendre visite. Je ne supporte plus cet endroit. C'est viscéral. Je n'ai plus la boule au ventre comme il y a quelques années mais dès que je marche en direction de la réception, j'ai l'impression que mon énergie vitale et positive diminue. À chaque fois, après avoir vu mon frère et le corps médical, je repars frustrée, énervée et impuissante. Frustrée car je n'arrive jamais à dire au corps médical ce que je ressens vraiment. Énervée car tout est exaspérant. Cette fois-ci, je me suis rendue dans un service dit « le plus lourd ». Les patients n'ont pas le droit de voir leurs proches à l'extérieur du service. Ils sont réellement enfermés. Ils vont en cellule d'isolement parfois pour quelques heures ou quelques jours. Ils n'ont pas de réelle activité. Mon frère, dans ce service, attend juste que les heures passent. C'est juste terrible pour son équilibre mental. Je lui avais amené des biscuits et des cigarettes car il me l'avait demandé. En quel honneur, ne suis-je pas contrôlée à l'entrée ? C'est un service avec plusieurs patients qui sont sous stupéfiants et je peux y entrer comme dans un moulin sans qu'on me fouille pour vérifier que je n'amène pas de la drogue à mon frère. Je ne comprends pas et cela me rend perplexe. Certes, ce n'est pas un centre de désintoxication mais n'importe qui sait que les stupéfiants aggravent les symptômes des maladies psychiques.

De plus, ils sont nocifs pour n'importe quel être humain. Aujourd'hui, plus de vingt ans après son premier séjour en hôpital psychiatrique, mon frère s'y rend pour se protéger. Il vient s'annoncer à l'hôpital quand il sent qu'il ne peut plus avancer seul et qu'il pourrait faire un acte qu'il pourrait regretter. C'est honorable. Il vient également pour trouver du soutien et pour d'une certaine manière se désintoxiquer. Au lieu d'arriver dans un lieu sain, sans stupéfiant, il passe des heures dans un endroit où il y a des personnes qui dealent de la drogue !!! Rien que de l'écrire, l'énervement et l'incompréhension s'installent en moi. Pourquoi ? Selon les médecins, c'est le patient qui doit décider de faire une cure de désintoxication et personne ne peut l'en obliger. Je le conçois. Cependant, ce n'est pas pour autant, je pense, qu'il faut accepter que de la drogue circule dans l'hôpital sans y faire face. L'hôpital possède un grand jardin. Les dealers peuvent venir dans le jardin ! Certes, l'hôpital ne peut pas être complètement fermé comme dans une prison mais il pourrait quand même y avoir des vigiles aux entrées pour vérifier que ce sont bien des patients et non des dealers de cannabis. Cautionner cela m'est insupportable. Mon frère n'a jamais pris de drogue dure. Pourtant, quand il se rend en hôpital psychiatrique de lui-même pour se soigner, se sentir soutenu et se protéger, il doit trouver la force en lui pour dire non aux dealers qui lui proposent tout et n'importe quoi !

Je ne suis pas spécialisée en maladie mentale et je le répète, j'écris simplement mon ressenti mais ce sont des faits que je ne comprendrai jamais et qui sont, pour moi, pas du tout des pistes pour aider mon frère à guérir ou au moins à se sentir mieux. En arrivant dans le service, une infirmière s'approche de moi pour me demander quel patient je viens voir. Je lui réponds gentiment et elle me dit que mon frère est depuis quelques minutes en consultation avec son médecin. Elle me demande donc de patienter sur le canapé à l'entrée du service. Je m'exécute. Les minutes passent et mon frère n'apparaît pas. La même infirmière vient à nouveau me parler et me dit qu'en fait il était en train de dormir ! C'est quoi ce sketch ? Je sens l'exaspération monter en moi. Mon frère fait des séjours depuis plus de vingt ans dans cet établissement et à nouveau, on ne sait même pas où il se trouve réellement. Je désire rester calme et ne pas passer pour la sœur du patient qui a également de la peine à gérer ses émotions mais je trouve cela inadmissible de ne pas s'excuser de s'être trompée. Mon frère est un être humain et ce serait agréable en tant que famille de pouvoir lui rendre visite en se sentant respectée par le corps médical. Je suis retournée sur le canapé complètement frustrée. Je n'ai pas dit ce que je pensais à cette infirmière car j'ai bien compris depuis toutes ces années comment fonctionnait cet endroit mais je trouve que cela est de pire en pire.

Après avoir été diagnostiqué schizophrène, mon frère reçut un autre diagnostic, il était maniaco-dépressif avec une tendance plus dépressive que maniaque. Je vous avoue que je ne croyais déjà pas vraiment au premier diagnostic mais après le troisième posé, s'en était trop pour moi. C'était complètement aberrant.

Pourquoi vouloir absolument trouver une maladie psychique à mon frère ? Pourquoi ne pas essayer de voir d'autres pistes ? À 18 ans, oui, il a fait son premier séjour en hôpital psychiatrique car quand une personne récemment majeure devient ingérable pour sa famille, sa famille a, à un moment donné, plus d'autre choix. C'est cela qui est terrible, c'est qu'il n'existe pas des centres pour personnes majeures qui sont en souffrance à part les hôpitaux psychiatriques. Pourtant, quand il est entré pour son premier séjour, il n'avait pas été diagnostiqué malade mental auparavant donc pourquoi absolument vouloir lui mettre une étiquette ? Désirant le soutenir malgré tout, je me suis renseignée sur cette nouvelle maladie pour pouvoir l'aider au mieux et pour rester présente à ses côtés. Les changements d'humeur ne s'expliquent pas toujours par l'influence de facteurs externes dans la vie affective et professionnelle. L'humeur peut varier pour d'autres raisons moins facilement identifiables, par exemple la durée du jour ou des changements hormonaux.

Certaines personnes sont plus sujettes à ces variations cycliques de l'humeur, appelées aussi cyclothymie. Elles connaissent une alternance plus ou moins régulière de périodes de bonheur et de tristesse, sans que ce phénomène les empêche de vivre normalement. Tant qu'elle reste supportable, la cyclothymie n'est pas une vraie maladie.

Les troubles bipolaires, anciennement appelés psychose maniaco-dépressive, sont caractérisés par des variations de l'humeur disproportionnées dans leur durée et leur intensité. La gaieté devient euphorie exagérée et la tristesse s'exprime par une dépression profonde. Les troubles du comportement qui accompagnent ces phases désorganisent profondément la vie de la personne touchée et dégradent ses relations familiales et professionnelles. Les troubles bipolaires sont une maladie qui peut être grave et qui nécessite un traitement de longue durée.

Les symptômes des troubles bipolaires sont des cycles où alternent des phases d'excitation, également appelée manie et de dépression. Ces cycles sont souvent reliés par des périodes où l'humeur est normale. Ils ont une intensité, une durée et une fréquence qui varient d'une personne à une autre. L'alternance des symptômes peut être impressionnante, entre hyperactivité, agressivité, absence d'inhibition, puis tristesse, accablement et démotivation totale.

Selon les symptômes, on parle parfois de troubles bipolaires de type 1 ou de type 2. Le trouble bipolaire de type 1 se définit par un ou plusieurs épisodes maniaques ou mixtes accompagnés ou non d'épisodes dépressifs majeurs. Le trouble bipolaire de type 2 associe au moins un épisode dépressif majeur avec une hypomanie.

Une personne en phase maniaque est anormalement euphorique, énergique, hyperactive ou agressive. Elle est exaltée et conçoit une confiance déraisonnable en elle-même. Elle n'a plus d'inhibition, fait ou dit ce qui lui passe par la tête, sans se soucier des conséquences de ses actes et de ses propos. Elle a une très haute opinion d'elle-même et ne supporte aucune critique. Elle est irritable et s'emporte pour un rien. Sa pensée est accélérée. Elle parle beaucoup, suit plusieurs idées à la fois et passe volontiers du coq à l'âne. Elle fourmille de projets souvent incongrus, bouge sans arrêt et ne se sent jamais fatiguée. Elle peut oublier de manger pendant plusieurs jours et dort peu. Ses pulsions sexuelles sont accrues. Cet état peut durer plusieurs jours, voire plusieurs semaines. Certains malades apprécient ces épisodes maniaques au cours desquels ils se sentent invincibles et pensent que rien ni personne ne peut leur résister. Quelques-uns se révèlent d'ailleurs très performants professionnellement ou très créatifs au cours d'une phase maniaque. Mais la manie a surtout des conséquences négatives.

La personne peut agir de façon irréfléchie et provoquer de véritables bouleversements dans sa vie (quitter son emploi ou faire des dépenses inconsidérées, par exemple). Il arrive que des personnes souffrant de troubles bipolaires finissent par avoir des démêlés avec la justice pour des délits commis lors de phases maniaques. L'hypomanie est une forme atténuée d'état maniaque. La personne est très énergique, se comporte impulsivement ou avec imprudence et se querelle fréquemment avec son entourage. Son état lui est agréable et elle nie être malade d'autant plus facilement que ses troubles ne perturbent pas trop sa vie quotidienne. L'hypomanie est souvent un signe précoce de troubles bipolaires.

Lorsque la phase dépressive se met en place, le découragement s'installe en quelques jours ou en quelques semaines. Plus la phase maniaque a été haute, plus la dépression sera profonde. D'hyperactive, la personne devient indifférente à tout et abattue. Les symptômes sont ceux d'une dépression sévère, tels la tristesse, l'accablement, le ralentissement de la pensée, la fatigue constante, la démotivation, les troubles du sommeil et de l'appétit. Ces manifestations durent deux à trois fois plus longtemps que les phases maniaques, souvent de plusieurs semaines à plusieurs mois. Les idées suicidaires sont fréquentes. Le suicide est considéré à tort, par le patient, comme le seul moyen de se libérer de sa maladie et de ne plus la faire subir à son entourage.

Chez certains malades, il existe des phases dites mixtes. Pendant ces périodes, la personne présente simultanément des symptômes de manie et de dépression : agitation, troubles du sommeil et de l'appétit, pensées suicidaires, ... Les phases mixtes s'observent parfois entre la fin d'un accès maniaque et le début d'un épisode dépressif. Un cycle est constitué d'une phase maniaque, d'une phase dépressive et éventuellement de la phase normale qui les sépare. La durée d'un cycle est très variable, allant de quelques heures à une année ou plus. La fréquence des cycles est également très variable. La plupart des malades non traités vivent huit à dix cycles maniaco-dépressifs au cours de leur vie mais d'autres vivront plusieurs cycles au cours d'une même année. La maladie est dite à cycle rapide quand la personne développe plus de quatre cycles dans l'année. Les traitements et les conditions de vie influencent la fréquence de répétition des cycles. Un malade bien soigné et entouré aura plus de chances de voir les cycles s'espacer. Quand le traitement de fond par les régulateurs de l'humeur est efficace, l'intensité et la fréquence des cycles maniaco-dépressifs diminuent. Cela permet à la personne de retrouver une vie normale. Après plusieurs mois de traitement, les cycles peuvent s'espacer jusqu'à disparaître complètement. Pour cette raison, toutes les personnes souffrant de troubles bipolaires devraient être traitées. Sans traitement, les cycles se poursuivent et leur fréquence peut s'accélérer.

L'intensité des phases maniaques et dépressives peut également s'aggraver. Dans certains cas, les personnes malades développent des symptômes de psychose, d'hallucinations et de délire, défendant avec insistance des croyances fausses et illogiques malgré l'évidence du contraire. Les complications des troubles bipolaires sont multiples. En l'absence de traitement, on estime que 25 % des personnes souffrant d'un trouble bipolaire font une ou plusieurs tentatives de suicide. Les risques d'alcoolisme et de toxicomanie sont importants et les troubles du comportement associés peuvent avoir des conséquences graves allant jusqu'au divorce, au licenciement ou à l'emprisonnement.

Mon frère a donc pris un nouveau traitement pour mieux gérer ses phases dépressives. Traitement qui lui a, à nouveau, causé des gênes à cause de ses effets indésirables et qui à part cela, ne l'a pas aidé à se sentir mieux. Oui car c'était un diagnostic faussé. Comment ne pas se sentir en dépression quand on ne peut plus travailler, plus être accepter dans la société et qu'on nous classe dans une catégorie d'individus ?

Le pouvoir de la pharmaceutique était bien mis en place. Mon frère était devenu dépendant de son traitement même s'il changeait constamment et il était persuadé que sans lui, il ne pourrait pas vivre en tant qu'individu à part entière qui fait ses propres choix.

Il était sous curatelle et à l'AI donc il était impossible pour lui de changer le cours de sa vie. Il ne pouvait que se résigner à accepter « sa maladie » et sa nouvelle réalité.

Cette réalité ne peut que provoquer de l'anxiété. Ce fut un autre diagnostic expliqué à mon frère. Après avoir été diagnostiqué borderline, schizophrène, et bipolaire, on lui expliqua qu'il souffrait de troubles anxieux !

Les troubles anxieux constituent une maladie psychique fréquente qui s'exprime sous diverses formes (anxiété généralisée, phobies, panique...) et perturbe fortement la vie quotidienne. De nombreux facteurs psychologiques, biologiques et environnementaux peuvent favoriser leur survenue. Une personne souffre de troubles anxieux lorsqu'elle ressent une anxiété qui se répète, s'installe dans la durée, survient sans lien avec un danger ou une menace réelle et crée une souffrance telle qu'elle perturbe durablement sa vie quotidienne. Les troubles anxieux sont différents de la peur et de l'anxiété passagères. Une peur passagère est une réaction normale face à une situation stressante comme un examen. L'anxiété souvent appelée « *angoisse* » est une réaction excessive mais passagère à une situation ressentie comme une menace. Elle est vécue comme une appréhension douloureuse à un danger qu'il soit précis ou mal identifié.

Les troubles anxieux sont, eux, chroniques et s'expriment de façon différente selon les personnes. Ils sont regroupés en diverses maladies.

1. Le trouble anxieux généralisé

Il associe un état d'inquiétude constant, difficilement contrôlable et durable (plus de 6 mois), concernant au moins deux thèmes différents (travail, argent, santé, avenir...). La personne est en état d'anxiété et de craintes quasi permanent et ses craintes sont disproportionnées par rapport à la réalité des risques. Elle est en état de vigilance extrême vis-à-vis de son entourage et de son environnement. Elle souffre de symptômes physiques (maux de tête, douleurs musculaires, fatigue, insomnies, sueurs, palpitations...).

2. Le trouble panique

Le trouble panique est un trouble anxieux caractérisé par la répétition d'attaques de panique et par la peur de leur survenue. Il correspond donc à l'association de deux phénomènes. D'une part, la répétition d'attaques de panique (ou crises d'angoisse aiguë), plus ou moins fréquentes et de survenue imprévisible. D'autre part, la crainte par anticipation d'une nouvelle attaque de panique (autrement dit "la peur d'avoir peur").

3. La phobie sociale

L'anxiété est liée au regard d'autrui, qu'il s'agisse d'une seule personne ou d'un groupe. Elle est présente par anticipation, avant même que la personne soit exposée au regard d'une autre personne. Elle se traduit par une crainte des rapports sociaux, une appréhension des situations de compétition, la peur d'être regardé(e) ou d'agir sous le regard et le jugement d'autrui. La personne redoute de prendre la parole en public, de travailler, d'écrire... sous le regard d'autrui. Elle a peur de rougir en public, de trembler, de perdre ses moyens, de ne plus pouvoir s'exprimer ou d'exécuter les bons gestes.

4. La phobie spécifique

Elle est caractérisée par une peur intense, irraisonnée déclenchée par un objet, un élément naturel, un animal (peur déclenchée à la vue d'une araignée, d'un serpent ou d'une souris...) ou une situation (être en hauteur, être enfermé(e) ou se trouver dans un lieu public).

5. Le TOC

Le trouble obsessionnel compulsif (TOC) se manifeste par deux types de symptômes plus ou moins prononcés, les obsessions et les compulsions.

Elles peuvent apparaître isolément ou simultanément. Ces symptômes ont, dans tous les cas, un lourd retentissement sur le comportement au quotidien. Les obsessions sont des pensées (idées, images) ou des impulsions (besoins irrésistibles d'accomplir certains actes) envahissantes et récurrentes. Elles concernent des thèmes précis :

- saleté et contamination
- sacrilège
- sexualité
- désordre
- peur d'être responsable de catastrophes ou de la mort d'autrui

Les compulsions sont des comportements ou des actes mentaux répétitifs que la personne se sent obligée de répéter pour chasser l'obsession de son esprit ou pour faire diminuer son anxiété. Elle les exécute pour réduire l'anxiété ou la souffrance générées par les obsessions. Selon la nature de ces dernières, les compulsions prennent une forme particulière :

- lavage des mains
- vérifications
- rangement suivant un ordre précis
- comptage
- prière
- répétition silencieuse de certains mots

6. L'état de stress post-traumatique

Cet état anxieux survient après un événement traumatique lors duquel la personne ou d'autres personnes ont pu risquer de mourir ou être sévèrement blessées (attentat, accident grave, meurtre...) Il dure pendant plus d'un mois et se traduit par des reviviscences (l'évènement traumatisant est sans cesse revécu) et des cauchemars. Il est possible également d'éviter des lieux, des personnes, des paroles évoquant le traumatisme. La personne a des conduites perturbées comme une hypervigilance à la menace, des réactions de sursaut exagérées, une impossibilité à se concentrer ou des insomnies. Elle a donc une souffrance ou une altération du fonctionnement social et professionnel.

À nouveau, mon frère a eu peut-être un trouble anxieux généralisé mais en même temps, cela reste complètement compréhensible. Comment ne pas devenir anxieux quand on nous a enlevé tout espoir d'un avenir lumineux ? Comment ne pas être en état de vigilance extrême vis-à-vis de son environnement quand tout ce qui nous rendait heureux auparavant nous a été enlevé brutalement ? Comment ne pas vivre avec des angoisses quand on est forcé à prendre un traitement médicamenteux à vie qui nous inflige quotidiennement des effets secondaires indésirables sur notre physique ? Comment, avec la solitude, ne pas se créer des craintes disproportionnées face à notre réalité ?

Chapitre 3 : Un amour inconditionnel

J'ai toujours eu de belles discussions avec mon frère. Notre relation est basée sur le respect, l'écoute et l'amour. Depuis toujours, les personnes travaillant dans les hôpitaux psychiatriques lui ont collé l'étiquette d'un être différent qui n'avait pas sa place dans la société. Croyance qui n'a jamais été réelle pour moi. Avec le temps, mon amour pour lui est devenu toujours plus fort, même inconditionnel. Mon combat était et restera le fait d'aider mon frère à sortir un jour de ce cercle vicieux imposé par la pharmaceutique. Par l'amour que je porte à mon frère, je sais qu'il pourrait vivre sans son traitement. Cela serait très dur au début car il en est devenu addict. Il devrait clairement passer par une cure de désintoxication médicamenteuse mais je sais qu'il en serait capable. J'ai souvent voulu l'accueillir chez moi afin qu'il soit soutenu dans ce processus et pour l'aider au quotidien. On m'a toujours dit que ce n'était pas une bonne idée car c'est compliqué de s'occuper d'une personne malade. Pour moi, c'était juste soutenir mon frère et non une personne malade vu que je le répète, mon frère, de mon point de vue, n'a pas de maladie psychique. Il a juste été emmené à Préfargier à un moment donné de sa vie où il était très fragile et depuis, il est très compliqué de sortir du cycle infernal imposé par la pharmaceutique.

En devenant enseignante et en me renseignant sur les êtres humains dits « différents », j'ai très vite compris que la normalité n'existait pas. Nous sommes tous des êtres uniques avec nos forces et nos faiblesses. Cependant, certaines différences ne sont pas encore comprises en 2025. L'humain est un être complexe mais il faut continuer à se battre pour que la différence soit une richesse et non un frein à l'épanouissement. Mon frère, dès ses 18 ans, a été mis dans une case. Une case d'une personne malade psychiquement, ayant une incapacité à fonctionner normalement. Mettre des êtres humains dans des cases est plus facile que ce que l'on croit mais peut entraîner des séquelles à vie. Mon frère en est la preuve vivante. Il vit au quotidien avec une étiquette.

« Malade psychique à l'AI »

Étiquette qui ne lui permet pas de s'épanouir et de vivre ses rêves. Je désire donc à travers ces quelques lignes que mon frère sache à quel point je l'aime. Depuis toute petite, en l'écoutant et en étant à ses côtés, j'ai pu observer à quel point il était courageux. Il faut beaucoup de courage pour continuer à vivre avec cette étiquette. À un moment de sa vie, mon frère m'a dit qu'il préférerait être une étoile filante en rejoignant le ciel. Vivre était trop dur pour lui.

C'était très triste de l'entendre parler ainsi mais en même temps, je le comprenais tellement. Comment continuer à vivre quand on doit faire le deuil de tous ses rêves et ses espoirs ? Mon frère a d'abord dû faire le deuil de ne plus jamais faire des études. Certes, il avait arrêté son lycée mais avant cela, il avait beaucoup de facilité à l'école. Il était même la plupart du temps le premier de sa classe. Ensuite, il a également fait le deuil de ne plus jamais travailler. En étant à l'AI, cela mettait un terme au fait de travailler en tant que salarié. Les travaux qu'il pouvait envisager de faire étaient payés seulement 2 à 3 francs de l'heure vu qu'il était à l'AI. À cause de son traitement, il a également pu mettre un trait sur les voyages de longue durée. Il ne pouvait pas partir loin et longtemps car il devait souvent renouveler son traitement médicamenteux. Il a dû aussi renoncer à faire du sport. Les médicaments, après quelques années, ne lui permettaient plus de faire du sport à cause de tous leurs effets secondaires indésirables ! Le sport est justement un antidépresseur naturel et mon frère ne peut pas le pratiquer à cause de son traitement médicamenteux ! Encore une aberration ! Il a dû oublier également le projet de déménager dans une autre ville ou un autre canton. À l'hôpital psychiatrique, on lui inculquait bien le fait que c'était une bonne chose s'il venait de lui-même se protéger à l'hôpital au lieu de faire quelque chose qu'il pourrait regretter.

Il n'avait plus de réelle possibilité de mobilité géographique à cause de son traitement, de sa curatelle et de son suivi psychologique. Il était et est traité comme un enfant qui ne peut plus faire ses propres choix raisonnés et qui n'a pas de capacité de discernement ce qui n'est pas du tout le cas. Mon frère est quelqu'un de très intelligent. Le système mis en place pour soi-disant l'aider à mieux vivre son quotidien, a juste eu l'effet inverse. C'est un système qui lui a enlevé sa liberté de choix. Qui a envie de vivre sur cette terre sans être libre de ses choix et en devant respecter un certain protocole tous les jours sans en être le créateur ?

Ce sont les gros deuils que mon frère a dû faire au fil des années et il y en a encore plein d'autres. C'est pourquoi, je le trouve très courageux. Je pense que c'est même au-delà du courage. Mon frère a beaucoup de résilience. Il subit chaque jour des chocs traumatiques et il continue à avoir cette envie de vivre et cette capacité à les surmonter. Oui, chaque jour, en se réveillant, il se retrouve face à sa réalité, à sa solitude et à sa « maladie » et il persévère. Je l'admire. Je n'aurais sûrement pas cette force mentale face à cette étiquette avec laquelle il doit vivre constamment.

En parlant avec plusieurs personnes, j'ai appris qu'il existait un type de personnalité, l'hypersensibilité.

En écrivant ces quelques lignes à propos de mon frère, j'ai pu constater qu'il avait plusieurs signes qui correspondaient à cette personnalité. Je vais les énumérer afin que mon frère puisse en prendre connaissance et afin qu'il puisse réaliser qu'il n'a pas de réelle maladie psychique mais qu'il a juste une personnalité différente des autres. Cela reste bien évidemment que mon opinion mais cela fait 34 ans que je vis à ses côtés, que nous discutons et j'ai bien pu observer à quel point on voulait lui coller une fausse étiquette afin de le garder dépendant des médicaments et du système bien rôdé de l'hôpital psychiatrique. Aujourd'hui, je ne suis pas une spécialiste et je ne suis personne pour juger ces établissements et la manière dont ils fonctionnent mais j'ai à cœur de rétablir une réalité et surtout d'essayer à nouveau d'ouvrir les yeux à mon frère sur ce qu'il est vraiment au fond de lui et non ce qu'il est devenu en étant dépendant d'un traitement médicamenteux. Comment lui exprimer ma vérité sans le blesser ? Mon frère, tu connais très bien mon avis depuis longtemps sur « ta maladie ». La seule chose qui change aujourd'hui est le fait que j'ose l'exprimer sur ces pages blanches. J'ai enfin osé. On m'a souvent interdit d'en parler. La pharmaceutique est tellement puissante qu'elle m'a fait croire pendant plusieurs années que je n'avais pas le droit de m'exprimer et de dire ce que je pensais réellement à propos de mon frère.

Mon grand frère, je t'aime tellement qu'aujourd'hui je n'arrive plus à me taire. Je te respecte énormément et je ne veux pas que tu changes d'avis. Il n'y a que toi qui te connaît mieux que quiconque mais si grâce à ces quelques lignes, je peux te donner un autre éclairage sur toi et tes aspirations, cela sera déjà une grande victoire. Je t'aime tellement que je veux que tout le monde sache qui tu es vraiment et arrête de te mettre dans une case. Case qui n'est pas la tienne, qui est erronée depuis trop longtemps maintenant. Tu as le droit d'être heureux, épanoui et surtout d'être toi !

L'hypersensibilité est parfois complexe à reconnaître. Ces personnes sont dotées de qualités hors normes comme, par exemple, un grand sens de l'empathie.

Le premier signe de l'hypersensibilité émotionnelle concerne le ressenti démultiplié des émotions. Cela est dû au fait que la personne hypersensible a accès à une gamme d'émotions beaucoup plus riche et variée que la plupart des gens. L'hypersensible peut être intensément traversé par des émotions positives et négatives au quotidien. Sa palette émotionnelle est beaucoup plus colorée que la majorité. En plus d'être présente chez les personnes hypersensibles, cette caractéristique se retrouve chez les personnes à haut potentiel (HPI et HPE).

C'est une richesse énorme mais cela peut également être à la source d'une vraie souffrance, à l'origine d'un sentiment de solitude, voire d'un véritable isolement psychique et social. Il est difficile d'être entendu et reconnu dans votre nature profonde et dans votre expérience singulière. Il peut être très profitable dans ce cas de se rapprocher d'autres personnes qui partagent cette sensibilité afin de pouvoir partager davantage et de bénéficier du sentiment d'appartenance et de communauté.

Mon frère, avant son premier séjour à l'hôpital psychiatrique, n'exprimait pas souvent ses émotions. Il gardait tout en lui. Il a d'ailleurs commencé à parler très tardivement si on le compare aux autres enfants de son âge mais ce n'était pas pour autant qu'il n'était pas traversé par une grande quantité d'émotions diverses et variées. N'ayant pas pu mettre le doigt sur chacune d'entre elles et les identifier correctement, il était devenu, par exemple, du jour au lendemain très colérique. Sa colère, sûrement refoulée depuis un moment, ressortit d'un seul coup et était très violente. Ce fut justement à cause de cette colère et cette violence qu'il a dû être hospitalisé pour la première fois à Préfargier. Cela devenait trop dangereux pour lui-même et pour notre famille.

Un autre signe de l'hypersensibilité dite sensorielle est le fait d'avoir une conscience sensorielle surdéveloppée.

Toutes les stimulations de l'environnement parviennent non seulement dans le détail mais sont aussi perçues comme amplifiées. Les cinq sens sont particulièrement réactifs et sensibles. La personne hypersensible perçoit des stimuli qui échappent à la plupart des gens. Il est même fréquent que les manifestations sensorielles issues de l'environnement deviennent envahissantes. Il est difficile de faire abstraction des perceptions sensorielles qui prennent une place importante au quotidien. La personne peut se sentir envahie par des stimulations auxquelles elle est pourtant confrontée au quotidien ce qui peut entraîner un stress non négligeable. C'est ce qui explique entre autres le besoin régulier d'isolement, de calme, qui permet à la personne hypersensible de prendre soin d'elle, de se rééquilibrer et de se « réparer » des agressions quotidiennes.

Depuis quelques années, mon frère ne participe plus aux réunions familiales où il y a beaucoup de monde. Longtemps perçu comme un repli sur lui-même, une non-volonté de s'exprimer devant les autres sur sa « maladie », mon frère était peut-être simplement un être hypersensible et il avait de la peine à gérer les nombreux stimuli présents lors de nos réunions !

Il y a donc deux types d'hypersensibilité, émotionnelle et sensorielle. Mon frère aurait plus une hypersensibilité émotionnelle.

Il était difficile de le reconnaître car depuis ses 18 ans son traitement médicamenteux a eu un impact certain sur la gestion de ses émotions, son vécu et ses sensations. Tout était dénaturé. La personnalité de mon frère a beaucoup changé. L'effet des médicaments et les séjours répétés en hôpital psychiatrique ont modifié petit à petit le caractère et les réactions de mon frère.

Un troisième signe d'un être hypersensible est le fait d'avoir une conscience corporelle exacerbée. Ce qui concerne les stimulations de l'environnement extérieur est également applicable aux perceptions corporelles. L'hypersensible est extrêmement réceptif à ce qui se passe à l'intérieur de lui. Impossible qu'une pathologie ou un dérèglement physiologique lui échappe : le moindre changement interne sera ressenti clairement et de fait il sera particulièrement sensible à la douleur. Soit la personne prend le parti d'être relativement indifférente à ces signaux ou au contraire de toujours prendre en compte ses ressentis internes et aller les explorer systématiquement, d'où une certaine tendance à l'hypocondrie.

Mon frère n'aime pas montrer ses sentiments. Pourtant, quand il ressent une douleur quelle qu'elle soit, il en parle à ma maman, ancienne infirmière. Il veut des réponses et est rapidement angoissé s'il ne sait pas de quoi il souffre. Avec tous les effets indésirables de ses nombreux traitements, il essaie toujours de relativiser.

Cependant, en tant qu'être sûrement hypersensible, ces effets doivent encore être plus douloureux à vivre au quotidien vu qu'il ressent le moindre changement interne.

Un autre signe est le fait de ne pas se sentir être comme les autres, voire de ne pas « faire partie de ce monde ». Les réactions d'autrui peuvent sembler futiles, cruelles ou dénuées de sens. La personne hypersensible a une vision de la vie qui se démarque par sa profondeur et son empathie la rend sensible à la souffrance d'autrui. L'hypersensibilité et l'anxiété vont de pair chez les personnes hypersensibles. En effet, l'hypersensible développe une forme d'anxiété causée par le surplus d'émotions. Son empathie pour les autres le fait absorber les émotions qui l'entourent au point de le rendre anxieux.

Ce signe correspond tout à fait à mon frère. Lors de certaines discussions, mon frérot me racontait qu'il était rentré s'isoler chez lui car il n'arrivait pas à gérer certaines de ses relations amicales. Il me disait qu'il jouait au psychologue ou à l'infirmier avec certaines personnes de son entourage et que ça ne devait pas être le cas mais que c'était plus fort que lui. Il ne pouvait pas s'empêcher d'être empathique envers eux. Ils voulaient les aider sauf que ça lui prenait trop d'énergie et l'angoissait. Lors de ses séjours en hôpital psychiatrique, il faisait souvent des nouvelles connaissances. Il m'expliquait, par la suite, qu'il coupait les ponts car il se sentait vite dépassé par les émotions exprimées par ces nouvelles personnes.

Bien sûr, ces personnes avaient également « des troubles psychiques » et mon frère n'arrivait pas à gérer son anxiété face à ce surplus d'émotions en lui et exprimé par les autres patients. Quand il faisait un séjour en hôpital psychiatrique et qu'il devait partager sa chambre avec un autre patient, il appréhendait toujours. Il se connaissait et il savait qu'il avait de la peine à ne pas devenir anxieux car il absorbait très rapidement toutes les émotions de son colocataire.

Les hypersensibles ont des esprits créatifs qui peuvent les orienter vers toute sorte de fantasmes négatifs qui alimentent leurs angoisses. Cette anxiété peut conduire un hypersensible vers une forme de fatigue extrême. L'hypersensible capte toutes les émotions et les détails qui l'entourent, ce qui peut l'amener à se sentir aussi vite dépassé. Il a alors l'impression que les autres sont dénués de cette sensibilité globale si présente chez lui et de ce fait, rares sont les personnes avec qui il peut se sentir en lien. Il ne se reconnaît pas dans les mouvements de masse et dans les dynamiques collectives, à moins qu'elles ne concernent des intérêts particuliers qu'il partage avec d'autres et c'est dans la solitude qu'il peut prendre soin de lui et restaurer son énergie.

En décrivant petit à petit les traits de cette personnalité, je m'étonne moi-même à quel point ils correspondent à mon frère.

Quand mon frère vient manger chez ma maman, après quelques heures, il me demande de le ramener chez lui afin qu'il retrouve « sa solitude ». Au début, je ne comprenais pas bien ce comportement. Étant déjà souvent seul, pourquoi vouloir retrouver rapidement son logement où il ne pourra plus rien partager avec les autres ? Tout simplement car il se connaît et il a besoin de se retrouver seul pour prendre soin de lui et pour restaurer son énergie !

Un être hypersensible a également un sens de l'esthétique et une émotion artistique. La personne est touchée par l'art et les belles choses en général. Un tableau, un morceau de musique, un paysage ou une lumière particulière peuvent l'émouvoir au-delà des mots. Il y a là quelque chose du domaine de l'indicible qui vient s'exprimer pour elle et qu'elle perçoit. Cette exaltation qui la dépasse fait office de catharsis : par elle, elle se libère souvent d'émotions profondes et enfouies, de ressentis existentiels et de sensations très pures.

Étant plus jeune, mon frère passait par la peinture pour exprimer ses émotions. Ses tableaux pouvaient être très colorés ou au contraire, peints avec des couleurs très sombres. En observant ses peintures, je pouvais savoir à peu près quelle émotion il était en train de traverser. Depuis tout petit, c'est le membre de notre famille qui avait reçu très clairement un don artistique. Il avait une grande facilité à dessiner, à peindre et à créer.

Il passait des heures à créer des œuvres artistiques. Après son premier séjour en hôpital psychiatrique, il avait continué à peindre. C'était son exutoire. Certaines musiques permettaient également à mon frère d'exprimer ses émotions refoulées ou non extériorisées.

Une personne hypersensible peut percevoir des choses qui échappent à la majorité des gens et sont souvent considérées comme des points de détail. De ce fait, elle a bien souvent développé une matrice interne qui lui permet de recouper ses différentes perceptions (sensations, émotions, interprétations) de manière instinctive et inconsciente, ce qui a pour effet de la mener très rapidement à des conclusions le plus souvent justes concernant les événements du quotidien. Elle est en mesure de prévoir très facilement les développements et les évolutions des situations parce qu'elle dispose d'une somme d'informations considérable, conscientes et inconscientes. Cette capacité, que Jung qualifiait de « clairvoyance prophétique », a souvent été associée au don de seconde vue : les personnes hypersensibles rapportent en effet se sentir plus en contact que les autres avec le monde suprasensible, notamment à travers leur grande connexion à leur propre inconscient.

Les hypersensibles peuvent également avoir une hypervigilance permanente. Ils ont tendance à être attentif à tout, tout le temps, d'où une certaine difficulté à lâcher prise et à se laisser porter par les événements.

Ils ont parfois du mal à avoir une vision globale des situations. Ce trait est souvent lié à un besoin de contrôle dû à leur hyper-réceptivité. Comme ils savent pouvoir être atteint voire déstabilisé par les multiples stimulations de leur expérience quotidienne, ils tendent à se protéger en restant à l'affût dans le but de ne pas se laisser surprendre. Cette tendance peut être à la source d'un certain stress, en tout cas d'une tension importante qui les empêche parfois de prendre les choses avec légèreté et naturel.

Impossible de les leurrer : ils sont extrêmement conscients et réceptifs aux moindres variations dans l'attitude des personnes qu'ils côtoient. Rien ne leur échappe et cela peut être source d'une souffrance importante : le moindre reproche non formulé, la plus petite désapprobation, la moindre réaction négative sont susceptibles de les heurter de plein fouet et de les déstabiliser. Il leur est dans ces circonstances difficile de partager leur ressenti et donc de résoudre les éventuels troubles relationnels, dans la mesure où leurs interlocuteurs ne sont pas nécessairement dans une optique de partage. Ils perçoivent ce qu'ils vivent dans la relation sans pouvoir agir de manière directe, si ce n'est par un ajustement comportemental. Tout cela est coûteux cognitivement et émotionnellement, les obligeant à prendre souvent sur eux et à s'adapter aux autres.

Mon frère est très sensible aux remarques que nous pouvons lui faire et se sent très rapidement déstabilisé.

Il sait également, très vite, si je vais bien ou non. Il me respecte en évitant de me poser trop de questions quand il sent que mon moral n'est pas au beau fixe mais a toujours la phrase qui fait du bien pour me soutenir et me rassurer. Je n'ai pas besoin de m'exprimer. Il est effectivement extrêmement réceptif aux moindres variations de mon humeur ou de mon attitude. Au fil des années, il a souvent perdu des amitiés car il avait de la peine à exprimer son ressenti face à un éventuel conflit ou une mésentente. Il préférait couper les ponts sans une réelle explication au lieu d'agir de manière directe.

Les personnes hypersensibles détectent aisément la complexité et les nuances dans les interactions auxquelles ils assistent et participent. Les contradictions entre les propos et l'attitude, les subtiles tentatives de prise de pouvoir, les déceptions informulées, la désapprobation muette, rien ne leur échappe et elles peuvent se sentir démunies face à ce « sixième sens » dont il est parfois délicat de se servir. Elles peuvent se sentir comme porteuses d'un don qui leur permet de tout ressentir, donc de tout *savoir* (puisque de surcroît leur intuition est surdéveloppée) sans pouvoir véritablement agir. Avec le temps, elles ont pu développer des stratégies cognitives et émotionnelles pour mettre à profit leurs perceptions subtiles au quotidien. Malheureusement, c'est souvent au détriment de la spontanéité, et donc coûteux pour elles d'un point de vue psychique, d'où ce besoin d'isolement qu'elles ressentent régulièrement.

Au fil des années, le besoin de mon frère de s'isoler devint de plus en plus fréquent. Il était présent seulement quelques heures lors de nos moments partagés en famille et ensuite, il rentrait chez lui retrouver sa solitude. N'ayant pas les bonnes pistes pour se sentir mieux et un traitement médicamenteux inadapté, il essayait quand même de s'y raccrocher et d'y croire. Au fond de lui, il a toujours voulu guérir. Le terme « guérir » n'est donc pas approprié. On guérit d'une maladie. Si mon frère est réellement hypersensible depuis tout petit, il n'a pas besoin d'en guérir mais juste de connaître les qualités que peut lui procurer ce type de personnalité mais également les difficultés à interagir avec les autres être humains.

Parfois, trop de stimuli ou des stimuli trop intenses plongent les êtres hypersensibles dans un état de confusion qui conduit tout leur système à se mettre en état d'alerte. Leur organisme peut à l'extrême se retrouver comme figé par un dilemme critique, « fuir ou combattre ».

Ils peuvent alors être en proie à des manifestations physiologiques de stress et d'anxiété. L'hypersensible se fatigue plus vite que les autres personnes parce qu'il est stimulé en permanence par l'environnement qui l'entoure. Cela s'explique par un trop-plein de stimulations qu'il n'est momentanément pas en mesure d'intégrer et qui fait en quelque sorte disjoncter son système nerveux.

Dans ce cas, il faut qu'il prenne un peu de temps pour lui afin de retrouver un état stable et d'être en mesure de reprendre ses activités. Des stratégies existent pour mieux gérer ces états de crise, comme la détection précoce des signes physiologiques qui annoncent l'état d'hyperstimulation, la pratique régulière de techniques de relaxation et de respiration ou encore des pratiques de gestion émotionnelle.

Ce sont aussi des personnes qui sont particulièrement ouvertes à l'autre humainement. Quand elles parviennent à aller vers les autres, on leur fait spontanément confiance. Elles sont sensibles aux émotions d'autrui qui ne les laissent pas indifférentes mais viennent au contraire les toucher intimement. Cette caractéristique est une qualité humaine précieuse et peut se révéler extrêmement constructive à condition de savoir aussi se protéger et de ne pas se laisser envahir. Elles doivent pour cela disposer de filtres dans la relation : le but est de transformer l'émotion brute de leur interlocuteur en quelque chose qu'elles puissent assimiler sans crainte d'être déstabilisées.

Sur ce point aussi la pratique est une grande aide : on peut apprendre à se protéger avec l'expérience de la relation. De plus, on sait petit à petit poser des barrières intérieures qui ne nous empêchent pas d'être en lien mais qui évitent que l'on soit submergé ou que l'on crée une dépendance à autrui.

Les hypersensibles ont également tendance à s'investir beaucoup lorsqu'ils rencontrent une personne qui leur plaît et leur convient, que ce soit en amour ou en amitié. Ils sont entiers et capables de beaucoup d'engagement ce qui leur permet de goûter à une qualité de relation intense mais les rend aussi vulnérables face aux ruptures ou aux évolutions de l'histoire.

Il leur est en effet très difficile d'accepter la perte à la hauteur de leur investissement sans faille et de la profondeur des sentiments qu'ils peuvent développer. De plus, ils ne comprennent pas qu'on ne soit pas entier en relation et peuvent tomber de haut en réalisant dans l'après-coup que certaines personnes ont pu ne pas être aussi sincères qu'eux ou pour le moins de pas vivre la relation aussi intensément qu'eux. Cela explique la tendance de certains hypersensibles à fuir l'engagement et la souffrance qu'ils associent à l'investissement émotionnel et relationnel. L'évitement permet de se protéger de nouvelles blessures.

Étant très sensible aux variations de l'environnement, leur humeur a tendance à fluctuer au gré de leur journée et au fil des événements qui la ponctuent. Leur entourage, s'il n'est pas accoutumé à leur fonctionnement, peut les trouver imprévisible et difficile à cerner. Ils passent d'un état à l'autre sans qu'on ne puisse détecter les raisons de ces fluctuations. Or, leurs réactions ont une cause, aussi imperceptible soit-elle pour la majorité.

Ils ne peuvent tout simplement pas se distancier d'un contexte qui a une influence directe sur leur humeur. Ils peuvent également et pour les mêmes raisons, avoir tendance à « surréagir » selon les personnes amenées à les côtoyer. En effet, des stimuli minimes peuvent avoir un impact direct et intense sur leur vie émotionnelle et il est parfois indispensable de s'exprimer pour mieux gérer leurs ressentis qui les submergent.

Mon frère m'a plusieurs fois expliqué pourquoi il mettait un terme à une relation amicale et je trouvais cela souvent disproportionné par rapport à ce qui s'était passé. Je n'étais pas actrice de l'événement. J'écoutais seulement les dires de mon frère mais je trouvais qu'il avait effectivement du mal à se distancier. Ayant parfois de la peine à exprimer son ressenti, il perdait des amitiés pour des broutilles. Broutilles pour moi mais pour lui, elles avaient une influence directe sur son humeur.

Finalement, les hypersensibles ont du mal à prendre des décisions parce qu'ils considèrent la multitude de possibilités qu'offre chaque situation. De plus, ils sont facilement influencés par l'environnement, les prises de position des autres, les humeurs et les événements de dernière minute. Lorsqu'ils ont un choix à faire, ils ont tendance à penser énormément chaque situation dans tous leurs détails, à peser les pour et les contre et à trop réfléchir, voir à ruminer sans pouvoir agir. C'est le doute qui les pèse et les handicape.

C'est dans la spontanéité que réside chez eux la source de l'action. Ils ont besoin d'être porté par leurs émotions pour se positionner, souvent de manière très juste, aidé par leur grande intuition.

Comme nous l'avons vu précédemment, les personnes hypersensibles ont tendance à ruminer et sont donc plus à même d'être exposées à des troubles dépressifs ou à des troubles anxieux. Cela est dû à leur tempérament hypersensible. L'hypersensible peut souffrir de dépression en étant submergé par ses émotions. En effet, une personne hypersensible a parfois des difficultés à contenir ses émotions et à les gérer au quotidien. L'hypersensibilité et la dépression, bien qu'il s'agisse de deux notions totalement différentes, peuvent être liées. La dépression peut se manifester comme un signe de l'hypersensibilité. Si un état dépressif se mêle à votre hypersensibilité émotionnelle, vos émotions vont alors être accrues et favoriser une baisse de confiance en vous.

L'hypersensibilité est donc un type de personnalité qui, lorsqu'elle n'est pas maîtrisée, peut favoriser l'apparition d'émotions excessives. Celles-ci peuvent faire naître divers troubles, en plus de la dépression, comme, par exemple, un trouble alimentaire (anorexie, boulimie...). L'hypersensible met toute son énergie à comprendre ses émotions et à identifier ce qu'il éprouve. Il est important de souligner que l'hypersensibilité n'est pas du ressort de la psychiatrie, mais bel et bien un trait de personnalité !

À travers ces quelques lignes, je ne veux pas mettre mon frère dans une nouvelle case. Case de « l'hypersensible ». L'hypersensibilité est un type de personnalité et non une maladie. Cependant, une fois que la personne comprend comment elle fonctionne avec son hypersensibilité, elle peut voir qu'il en résulte de nombreuses qualités.

C'est mon but grâce à ce livre. Mon frère, je sais depuis toujours, que tu as de nombreuses qualités et je ne perds pas espoir que tu puisses encore les mettre au profit des autres. Tu as une personnalité bien à toi et c'est ce qui fait ta différence mais également ta grande force. Malgré les années d'hospitalisation derrière toi, tu es toujours resté présent pour notre famille à ta manière. Tu as toujours voulu mon bonheur. Je le dis au début de mon témoignage, tu es doté, depuis tout petit, d'une grande humanité. C'est d'ailleurs cette empathie sans faille qui a généré de nombreux troubles chez toi, selon moi.

L'empathie est une qualité très belle et très importante qui nous permet de nous mettre à la place de l'autre et de l'aider au mieux. Mais un excès d'empathie est à double tranchant. Se préoccuper trop de la douleur émotionnelle des autres sans bénéficier des outils psychologiques pour gérer la situation peut créer une fatigue compassionnelle. C'est un type de stress.

De tout temps, lors de tes séjours en hôpital psychiatrique et avec ta famille ou tes amis, tu as désiré calmer la douleur ou résoudre le problème de celui ou de celle qui souffrait sauf que tu avais du mal à gérer ta propre douleur occasionnée par cet échange.

L'usure compassionnelle est fortement liée à l'attention émotionnelle et à la réparation émotionnelle. L'attention émotionnelle se rapporte à l'aptitude à prêter attention aux émotions et à l'état d'esprit des autres. En pratique, les personnes qui souffrent du syndrome d'usure compassionnelle portent trop attention aux autres et se piègent dans leurs réseaux. De plus, l'usure compassionnelle est en relation avec une réparation émotionnelle plutôt pauvre. Il s'agit de la capacité à pouvoir mettre en pratique des plans d'action qui permettent de réguler notre état d'esprit, comme par exemple le simple fait d'assumer une distance psychologique pour protéger notre équilibre affectif.

Si mon frère, tu es une personne hypersensible émotionnellement parlant et que tu n'es pas parvenu à mettre en place des stratégies t'aidant à panser tes blessures lorsque tu avais 18 ans, il est probable que tu as fini par souffrir du syndrome d'usure compassionnelle.

Quels sont les symptômes de l'usure compassionnelle ?

1. La réexpérimentation

La personne revit les expériences traumatiques vécues par les autres, que ce soit par des flashbacks, des rêves ou en les ruminant pendant la journée. L'un des premiers signaux d'alarme est que la personne ne parvient pas à se sortir cette situation de la tête et y pense bien plus que de raison, ce qui signifie qu'elle reste active dans le cerveau.

2. L'encrassement affectif et l'évitation

La détresse accumulée et qui n'est pas gérée correctement peut déconnecter totalement la personne de la situation. En pratique, l'esprit est saturé et arrive à un point où il ne peut plus assimiler tant de douleur et de souffrance, il se distance émotionnellement de la réalité. La personne est plus irritable, frustrée, se sent déconnectée émotionnellement comme si tout lui était étranger, ce qui peut affecter sa capacité de profiter des choses et de se lier aux autres.

3. L'hyperactivation

Au fil du temps, l'usure compassionnelle génère de la fatigue mais aussi de l'anxiété.

La personne est dans un état d'hyperactivation nerveuse, provoquant des difficultés pour dormir, des troubles de la concentration, une exaltation extrême face à de petits stimuli ainsi que des attaques de panique.

Aujourd'hui, plus de vingt ans après ta première hospitalisation, je persiste à dire que tu n'as pas de maladie psychique mon frère. Il y a une vingtaine d'années, ton hypersensibilité n'était pas connue et tu n'avais pas de clé pour vivre avec sereinement. Cela reste encore une fois que mon avis personnel, établi sur mes observations et mes discussions avec toi mon Jo depuis tant d'années.

Chapitre 4 : Vivre avec son hypersensibilité

Dans ce chapitre, je vais donner quelques pistes pour vivre sereinement avec son hypersensibilité émotionnelle et j'ai bon espoir que cela t'aidera à te sentir enfin reconnu et surtout toi-même.

Pour les personnes hypersensibles, la relation à soi et aux autres est particulièrement délicate. Alors dans des situations de communication difficiles, il va être important tout d'abord de prendre conscience de ce qui se passe en soi au moment présent, se recentrer pour accueillir les émotions sans jugement, ni analyse, être à l'écoute de nos besoins et ainsi agir de manière adéquate.

Pour cela, il est nécessaire d'apprendre à faire taire son mental en redirigeant son attention dans ses pieds et dans sa posture pour s'ancrer. Il faut également se reconnecter à sa respiration, détendre son corps et utiliser des visualisations positives grâce à des techniques de sophrologie et de méditation de pleine conscience. Cela permet de faire le vide, de s'apaiser, de récupérer de l'énergie, de retrouver de la confiance en soi, de prendre du recul, de porter un regard différent et positif sur soi et sur ce que l'on vit. Ainsi, la pression et le trop plein sont libérés et la personne est pleinement présente à elle puis aux autres et non plus dans une forte réactivité ou émotivité.

Ensuite, il s'agit d'apprendre aussi à utiliser son empathie, ses grandes qualités d'écoute et d'observation non pas pour absorber l'émotion de son interlocuteur mais pour savoir se mettre à sa place et ainsi mieux le comprendre. De plus, la personne hypersensible aura tout intérêt à apprendre à mettre en pratique au moins l'un des 4 accords Toltèques révélé par Don Miguel Ruiz qui est :

« Quoi qu'il arrive, n'en faites pas une affaire personnelle »

Il s'agit donc de se détacher du jugement et du regard des autres, reconnaître et accepter que nous ne sommes pas responsables de ce qui arrive aux autres, ni de ce qu'elles pensent, ressentent ou font même si c'est à nous qu'elles l'expriment. En n'en faisant plus une affaire personnelle, la personne retrouve liberté et sérénité.

L'hypersensibilité n'est pas une anomalie et bien au contraire elle révèle de belles pépites à mettre en lumière pour oser être pleinement soi-même et vivre en harmonie. Oui, il est tout à fait possible d'apprivoiser et transformer l'hypersensibilité en atout puis en force !

Quelques conseils :

1. Apprendre à respirer, souffler, se détacher du mental et se reconnecter au corps
2. Apprendre à se poser, décompresser, prendre le temps, prendre du recul et de la hauteur sur des situations ou des relations
3. Retrouver la notion de plaisir et oser se faire plaisir
4. Pratiquer une activité physique ou une activité artistique
5. Découvrir comment développer un équilibre entre nos pensées, nos émotions, nos sensations après nos comportements
6. Apprendre à mieux se connaître, se comprendre, à accueillir ses émotions, à écouter et exprimer ses besoins ainsi que ses ressentis
7. Retrouver confiance et estime de soi par exemple en listant toutes ses qualités, ses compétences et en se remémorant des situations vécues
8. Développer son empathie, savoir se mettre à la place des autres, se placer en observateur neutre et objectif pour mieux comprendre les autres
9. Arrêter de focaliser sur ce qui ne va pas et s'émerveiller à nouveau des choses ordinaires qui nous entoure

10. Poser des actes concrets pour évoluer, se sentir mieux avec soi, les autres et son environnement
11. Devenir bienveillant et indulgent envers soi-même, moins exigeant et perfectionniste
12. Et un dernier conseil :

« Foutez-vous la paix et commencez à vivre »

À PROPOS DE L'AUTEURE

Elsa Baggenstos, enseignante de métier, est actuellement une maman au foyer auto-entrepreneuse. Elle pense que l'être humain n'a aucune limite pour devenir ce qu'il désire être. Pour elle, atteindre ses rêves n'est pas une option, c'est la seule issue possible.

C'est pourquoi, après l'écriture de ses trois premiers ouvrages **« les rebelles chroniques tome 1 et 2 »** et **« les devoirs avec un enfant ayant un trouble de l'apprentissage »**, elle se lance dans la conception d'un livre autobiographique où elle désire mettre en lumière la relation qu'elle entretient avec son frère qui a fait plusieurs séjours en hôpital psychiatrique depuis sa majorité.

Elle a réalisé à quel point l'écriture était libératrice et permettait de découvrir des points de vue différents et enrichissants. C'est pourquoi, elle poursuit son chemin, sa plume à la main.

Printed by Amazon Italia Logistica S.r.l.
Torrazza Piemonte (TO), Italy

68800676R00047